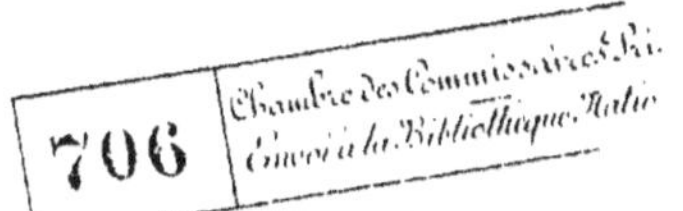

Vente du Samedi 4 Juin 1904

HOTEL DROUOT, SALLE N° 11

COLLECTION ANDRE GIROUX
(5° vente)

N° 39 du Catalogue.

ESTAMPES ET DESSINS
Anciens & Modernes

MM^{es} Maurice DELESTRE et LAIR-DUBREUIL, *Commissaires-Priseurs*

M. Loys DELTEIL, *Artiste-Graveur*, **Expert**.

CATALOGUE

DES

ESTAMPES

et des

DESSINS

ANCIENS ET MODERNES

Composant

la collection d'ANDRÉ GIROUX

Artiste-Peintre

dont la vente aura lieu

à Paris, HOTEL DROUOT, Salle N° 11

le Samedi 4 Juin 1904

à 2 heures précises

Par le Ministère de :

Mᵉ Maurice DELESTRE	Mᵉ LAIR-DUBREUIL
Commissaire-Priseur	Commissaire-Priseur
5, Rue Saint-Georges	6, Rue du Hanovre

Assistés de :

M. Loys DELTEIL, Artiste-graveur, Expert

22, rue des Bons-Enfants

CONDITIONS DE LA VENTE

Elle sera faite au comptant.

Les acquéreurs paieront *dix pour cent* en sus du prix d'adjudication.

M. Loys Delteil remplira les commissions que voudront bien lui confier les amateurs ne pouvant y assister ; il se réserve, en outre, la faculté de diviser ou de rassembler les lots.

MM. les amateurs pourront visiter la collection, 22, *rue des Bons-Enfants, le Vendredi 3 Juin 1904,* de 10 heures à 5 heures.

DÉSIGNATION

—

ESTAMPES

ALIGNY (Th.)

1. — *Vues des sites les plus célèbres de la Grèce antique* — Paris, 1845. Dix pl. in-fol., sous couverture.

ARTISTES CONTEMPORAINS, ANCIENS et MODERNES

2. — Sujets divers et Paysages. Soixante-dix-sept pièces par Français, J. Laurens, Bellel, C. Nanteuil, etc., d'après Dupré, Corot, Rousseau, Marilhat et autres. Très belles épreuves.

BERGHEM (N.)

3. — Paysages et animaux. Quatre-vingt-dix pièces par Berghem, Visscher, Danckerts, etc. Belles épreuves.

BOTH, GLAUBER, AKEN

4. — Paysages. Trente pièces.

COOPER (T. S.)

5. — Animaux divers, 1837. Trente-quatre lith., in-fol. Belles épreuves.

DELAULNE (Etienne)

6. Les mois de l'année (R. D. 185-196). Suite complète de douze pièces. Belles épreuves.

7. — Les mois de l'année (R. D. 225-236). Suite complète de douze pièces. Belles épreuves.

DEMARNE (J.-L.)

8. — Scènes rustiques et paysages. Vingt-quatre eaux-fortes dans la couverture de publication. Très belles épreuve sur chine.

DIETRICY (C. W. E.)

9. — Sujets divers et Paysages. Vingt-cinq pièces. Belles épreuves.

DIVERS

10. — Paysages. Cent-trente-cinq pièces anciennes.

11. — Animaux — Scènes champêtres. Cent-quatre-vingt pièces anciennes.

EAUX-FORTES

12. Paysages. Vingt-six pièces par Eug. Bléry, Boguet, Marilhat, Enfantin. Belles épreuves.

ECOLE ANCIENNE

13-14. — Sujets religieux — Scènes mythologiques.
Quatre-vingt-quinze pièces, la plupart de
de l'école Marc.-Ant. Raimondi. Deux lots.

FLANDIN (Eugène)

15. *L'Orient* — Paris. Gide, s. d. Vingt-et une
livraisons, contenant chacune cinq. lith.

JOLY DELAVAUBIGNON (A.)

16. — Voyage pittoresque en Corse — Paris, Joly,
s. d. Quarante-huit pl. in-fol. sous couv. de
publ.

KOBELL (F.)

17. — Paysages. Cinquante-trois pièces. Très belles
épreuves.

KOBELL, GAUERMAN, ERHARD, etc.

18. — Paysages. Cinquante eaux-fortes. Belles épreuves.

LORRAIN (Claude)

19. L'Apparition (R. D. 2). Belle épreuve.

MAITRES ANCIENS (d'après les)

20. — Sujets religieux et Scènes mythologiques. Cent
cinquante pièces gravées au trait.

MAUPERCHÉ (H.)

21. — Paysages. Vingt-quatre pièces. Belles épreuves.

NORTHCOTE et STUBBS (d'après)

22.   *Léopards — A Tyger — A Tigress*. Trois pièces
        in-fol. par J. Murphy et S. Reynolds, 1798.
        Superbes épreuves.

OSTADE et TENIERS (d'après)

23.   Sujets divers et Paysages. Vingt-sept pièces,
        par C. Visscher, Chenu, Le Bas, etc. Belles
        épreuves.

PERELLE (A. et G.)

24-26.   Paysages. Cent-quatre-vingt-quinze pièces.
        Trois lots.

POUSSIN (d'après N.)

27. — Sujets religieux — Scènes mythologiques.
        Trente-et-une pièces par Audran, Pesne et
        autres.

REINHART (C.)

28. — Paysages. Trente-quatre pièces. Très belles
        épreuves.

RUBENS (d'après P. P.)

29. — Paysages. Treize pièces in-fol. par S. a Bols-
        wert. Belles épreuves.

SWANEVELT (H. van)

30. — Paysages. Soixante-dix-huit pièces. Belles
        épreuves, la plupart en 1er état.

VISSCHER (Corneille)

31. — La Fricasseuse, ou Faiseuse de beignets (W. S.
42). Belle épreuve.

WATERLOO (Antoine)

32. — Paysages. Quarante pièces.

WIÉRIX (les)

33. — Sujets religieux. Neuf pièces. Belles épreuves.

WOUWERMANS (d'après Ph.)

34 — Sujets de chasse — Scènes rustiques. Trente
pièces par Le Bas, Moyreau et autres.

DESSINS

ALIGNY (Th. Caruelle d')

35. — Paysages, sîtes de la forêt de Fontainebleau, d'Italie et de Suisse. Onze importants dessins à la plume.

36. — Paysages — Figures. Cinquante dessins et croquis.

37. — Études de figures. Quatre-vingt-cinq dessins et croquis.

38. — Études de figures. Quatre-vingt-quinze dessins et croquis.

39. — Paysages (Sîtes d'Italie). Sept dessins.

40. - Forêt de Fontainebleau. Neuf dessins.

41. — Paysages. Treize dessins.

42-43. — Paysages. Quarante-trois dessins. Deux lots.

44. — Études de figures — Études de paysages. Quarante-deux dessins et croquis.

45. — Paysages — Figures. Trente dessins.

46. — Paysages — Figures. Vingt-et-un dessins.

47. — Paysages. Quatorze dessins.

BIDAULD

48. — Paysages. Neuf dessins lavés de sépia.

BOTH (Jean)

49. — Paysage. A la plume, lavé de bistre.

BRÉMOND (J.)

50. — Paysages. Vingt-huit dessins.

BRILL (Paul)?

51. — Le Château dominant la vallée — La Vallée.
Deux dessins à la sépia et en ton bleu.

CLÉRISSEAU

52. — Les Ruines antiques. A la plume, lavé de
bistre.

DEMARNE (J. L.)

53. — Scènes champêtres — Études d'animaux —
Paysages. Quarante dessins et croquis.

54. — Scènes champêtres — Études de figures —
Paysages. Quatre-vingt dessins et croquis.

55. — Scènes champêtres — Paysages. Soixante-cinq
dessins et croquis.

DIVERS

56. — Paysages. Quarante-neuf dessins.

57. — Paysages. Soixante-dix dessins, par divers
artistes.

58. — Paysages. Quatre-vingt-dessins.

59. Paysages. Cent-soixante dessins et croquis.

60. Paysages - Figures - Animaux. Cinquante-
six dessins.

FIELDING (Copley)

61. — La Grand'route, 1831. Aquarelle.

GARBET (Émile)

62. — Croquis divers. Deux feuilles contenant trente-
cinq croquis ou pochades à l'huile.

GIRARDET (Karl)

63-64. — Paysages. Trente-trois dessins à la mine de
plomb. Deux lots.

JOINVILLE (A. M.)

65-67. — Paysages. Environ quatre cents dessins.
Trois lots.

JOURDY

68. — Paysages. Soixante-dix aquarelles et dessins.

JOYANT (Jules)

69. — Vues de Rome. Quinze dessins à la plume,
lavés d'encre de chine.

70. — Vues de Venise. Dix-huit dessins à la mine de
plomb.

71. — Études de barques à voiles, chaloupes, etc. Cinquante dessins à la mine de plomb. Deux lots.

KOBELL (F.)

72. — Paysages. Soixante-dix-huit dessins à la plume et à la sépia.

LANOUE (H.)

73-74. Paysages. Quatre-vingt-dix dessins. Deux lots.

LESSORRE

75. — Paysages. Onze dessins à la plume et à la sépia.

76. — Paysages — Moulins, à Montmartre, 1848. Vingt-deux dessins à la plume et à la sépia.

77. — Paysages. Vingt-deux dessins à la plume et à la sépia.

78. — Paysages. Etudes de figures et d'animaux. Quarante-cinq dessins et croquis.

MARILHAT

79. — Paysages. Sept dessins.

MICHEL

80. — Paysages. Dix dessins et croquis, un rehaussé d'aquarelle.

81. — Paysages — Etudes diverses. Trente dessins et croquis.

82, — Paysages. Etudes diverses. Soixante dessins et croquis.

MOREL-FATIO

83. — Etudes de barques — Paysages. Quarante-deux
dessins et croquis.

84. — Paysages et Marines. Soixante-dix-huit dessins
et croquis.

85. — Études de Navires — Paysages — Études de
figures. Trente-cinq dessins et croquis.

NANTEUIL (Célestin)

86. — Paysages — Études diverses. Cent-quinze dessins et croquis. Quatre lots.

OZANNE

87. — Études de Navires, barques, etc. Vingt-deux
dessins et croquis.

88. — Études de barques — Études diverses. Quatre-
vingt-dix dessins et croquis.

ROBERT (Hubert ?)

89. — La petite Cascade. Important dessin à la plume,
lavé de bistre

90. — L'Arbre renversé. A la plume, lavé de sépia.

SWEBACH (Ed. ?)

91. — Études de chevaux. Vingt feuilles de croquis à
la plume.

THUILLIER (Ph.)

92. — Paysages. Onze dessins.

93. — Paysages. Dix-huit dessins.

94. — Paysages. Quarante-cinq dessins.

95-96. — Paysages. Cent dessins. Deux lots.

97. — Paysages. Cent-trente dessins. Trois lots.

TÉIPOLO (Doménico)

98.   La Vierge dans une gloire. A la plume, lavé d'encre de chine. Sigr. .

TROYON (Constant)

99. — Le Pont de bois. Au crayon noir.

100. — Les Barques. Au crayon noir.

101. — Études d'animaux. Huit croquis au crayon noir.

102. — La Chaumière au bord de l'eau. Au crayon noir.

103. — Le Ravin. Au crayon noir.

104. — Paysages. Trois dessins au crayon noir.

105. — Paysages. Quatre dessins au crayon noir.

106. — Études d'arbres. Quatre dessins au crayon noir.

UYTENBROECK (Moïse)

107. — Les Chaumières au bord de l'Etang. A laplume, lavée de bistre.

VILLEVIEILLE

108. — Paysages. Quinze dessins et croquis.

WATTIER (Emile)

109. — Sujets d'histoire — Scènes de genre. Quarante
dessins et croquis à la sépia et à la mine de
plomb.

110. — Sous ce numéro, il sera vendu par lots, environ 10.000 estampes et dessins anciens et
modernes.

IMPRIMERIE

FRAZIER-SOYE

153, Rue Montmartre

PARIS